周蘇宗
臺語詩

星雲大師〈為在家信眾祈願文〉裡寫道:「虔誠的信眾有如紅塵中的清流,他們有的勤於著作,筆耕弘法;他們有的出廣長舌,助佛宣化;他們有的出錢出力,莊嚴道場;他們有的身心供養,利濟群生。」本書作者周蘇宗居士正是紅塵中的清流。

周居士創作臺語佛詩來禮讚佛陀,是「勤於著作,筆耕弘法」,那年佛光山正舉行水陸大法會,家住臺北的周居士,在榮譽功德主陳和順居士的接引下,來到佛光山。我領著周居士參訪各殿堂,他每到一個殿堂,就能口誦一首詩句,這樣出口成章的才智,讓我十分驚奇。我便告訴周居士,他的過去生必定與佛有緣,已將佛法深植八識田中,才會在初次到達殿堂時,就有源源不斷的詩句湧出。

從此只要南部有法會,他必定不嫌路遠,從臺北到南部參加,有回藥

師法會上，感到特別相應，發願要背誦經典，現今已熟背《藥師經》與《金剛經》等經典。

具有人間性格的周居士，深諳佛法「自受用，他受用」的三昧，不唯自己在佛法中感受到法喜，也分享給周遭親朋好友，他曾邀約大學校友到佛陀紀念館參加兩天一夜「心的旅程」修持功課，一路上和校友們講說佛法，幫助對佛法有錯誤認知的校友，建立正知見，並且認識了「人間佛教」，如法演繹了〈佛光祈願文〉中對在家信眾的禮讚──「出廣長舌，助佛宣化」。

由於對星雲大師的景仰，周居士時時閱讀大師著作，對大師的各種弘法理念感到相應，而「出錢出力，莊嚴道場」，護持佛光山道場不遺餘力，舉凡雲水書車、建寺供僧、好苗子人才扶植計畫等，都看得到他的身影。還以母親周素娥的名義，設立「周素娥海外學習獎學金」，提攜大學母校的學弟妹有出國學習的機會、幫助跨宗教弱勢學童的午餐及獎學金，讓弱勢學童能得到優良的教育，翻轉人生，這是他「身心供養、利濟群生」的事例。

周居士非常孝順，為人處世都依循周母要求的去除貢高我慢。周母往生後，他為母親作了首臺語詩，在告別式誦讀時，數度哽咽。詩中最後段對母親的懷念與不捨，只要是人子，聞之泫然：

足想欲閣聽你罵阮一改：死囝仔

彼應該會是上快活的代誌

坐佇你的眠床邊

囥一蕊剪絨仔花佇枕頭頂

干焦欲共你講：阿母，多謝你

這首詩也收在本書中，詩末的「阿母，多謝你」，寫出了大家的心聲。

既是公司負責人，又是熱心公益的慈善家，事業和慈善的事務上，已

經占了周居士大部分時間，但做為虔誠的佛教徒，他的精進和創作，

是常人所不能及。他的詩作〈佛珠〉寫著：

佛珠，佛珠

唸出妙法真珠

掛佇手腕金剛杵，被踮胸前定心珠

佛珠，佛珠

唸出甘露法水

火宅得清涼，苦海袂躊躇

佛珠，佛珠

唸出佛陀大願

這世得安穩，往生有去處

佛珠，佛珠

唸出清淨蓮花

步步心頭定，花開會見佛

……

佛珠，佛珠

你是菩薩千手千眼的眼珠

你是佛陀百千萬劫慈悲的心思

從詩中，可以看出周居士將佛珠掛胸口，時時唸佛，他在佛號中唸出妙法真珠、唸出甘露法水、唸出佛陀大願、唸出清淨蓮花，周居士一步一腳印走在成佛之道上。

星雲大師〈為在家信眾祈願文〉的文末說：「更祈求佛陀您的庇佑，讓他們遠離煩惱，現證安樂；讓他們成就菩提，造福世間；讓僧信們攜手並進，弘揚佛教；讓僧信們互助合作，共創淨土。」借用大師的祈願，以此和大家共勉。並願周居士親切的臺語詩，能如清涼甘露水，令讀者心生法喜，身心得受用。

今年 3 月間，Bob 周蘇宗先生在電話的那一端開心的告訴我，他剛剛接到通知：他的詩作〈斯卡羅戰歌〉得到「教育部第八屆閩客語文學獎」閩南語現代詩社會組首獎，他的興奮溢於言表。

周蘇宗先生是我師大附中的學弟，他從富邦證券營業員出身，一生主要經歷都跟投資有關，而他也因為投資眼光精準致富，很少人知道他有令人難以想像的斜槓人生。從一個投資家搖身變成一位詩人，這次他以〈斯卡羅戰歌〉拿到「教育部閩南語文學獎」首獎，對所有認識周蘇宗的朋友來說，都是很難以想像的事。

我可能也是最早知道蘇宗兄有作詩天賦的朋友之一。在他人生 60 大壽當天，他信手捻來給我一則簡訊，上頭寫著：「股票投資與高爾夫球恰恰相反，高爾夫輸贏在短桿，股票投資比氣長」，接著他又說：

「散赤人無病就是福，好額人無病因為德」。

他的文氣從投資開始，而且是用臺語寫詩。驚覺他有寫臺語詩天賦，在 2020 年 12 月 13 日，周蘇宗參加「先探品生活」的花東之旅，我們住在晶英飯店，一大早我們爬上祥德寺，回程他已吟唱起藏頭詩，他是這樣寫的：「天穹星宇伴普賢，祥雲瑞氣湧寶殿，晶雕玉琢綠林裡，英姿煥發映花蓮」，他一出口便把天祥晶英嵌入詩中。

下午我們到了九曲洞，他不假思索立刻吟唱起「九曲洞迎面來的一陣清風，是太平洋來的風，湧泉潺潺的水流，是穿山越嶺鑿壁穿岩的生命之泉，風水孕育的寶地，母親的名叫臺灣。」後來他又說：「太平洋的風可以在太魯閣的九曲洞與我相遇，人生何處不相逢？」

這個「太平洋的風在九曲洞」，揭開周蘇宗的臺語詩人生，他隨即完成〈太平洋的風〉大作，「太平洋的風，佇九曲洞佮阮相逢……敢若秋清的老榕仔跤的下晡時……」。

過了一個新年，元月 6 日他傳來一首〈觀音〉，「伊坐佇蓮花懸頂，觀音，觀看芸芸眾生的哀聲苦音……」。從〈觀音〉，接著〈布袋戲〉、〈灶火〉、〈倚佗位〉、〈思戀〉、〈島嶼天光〉……，蘇宗兄的創作如泉湧般，他在人生 60 大壽之後，由投資專家搖身變成詩人，把斜槓人生作了最極致的發揮。

這次得獎的〈斯卡羅戰歌〉，一開始就氣勢磅薄寫著「海邊的落山風，不時共阮講，太平洋的後頭厝，才是阮的故鄉……斯卡羅的血脈是用袂完的火炮，竹箭是驚天動地的機關銃……」。斯卡羅的原創是我的好朋友陳耀昌先生的大作《傀儡花》，蘇宗兄把斯卡羅歷史情節譜入詩作中，這是近幾年臺灣閩南語詩作中的經典佳作，蘇宗兄得獎可以說是實至名歸。

在投資路上，蘇宗兄是成功的投資家，慈善公益不落人後，而且不分宗教。他捐款東海大學母校會計系成立「周素娥海外學習獎學金」、贊助佛光山好苗子基金會讓弱勢家庭子弟就學、每年捐助花蓮天主教善牧基金會約三十幾位小朋友的學費、每年捐款兩次給牡丹鄉旭海小學堂……。

他有很深的臺灣意識，又有宗教情懷，這次詩作得獎應該是他人生得到的最意外肯定，蘇宗兄決定收錄他的詩作，以〈觀音〉為名，收錄32 首臺語詩，再加上〈斯卡羅戰歌〉，這 33 首臺語詩，每一首詩都有 QR code，可以看到劉思妤的繪圖，及聽到蘇宗兄親自為讀者朗讀的聲音。

在人生旅程中，每一個人都可能有斜槓人生，而且在斜槓上發光發

亮，蘇宗兄從專業投資家搖身變成臺語詩詩人，這個斜槓可真大，我

為他的人生喝采！

大尖石山的意志猶原堅定

港口溪的鬱卒猶未坐清

陣陣的涛流敢有才調予漂流的靈魂落葉歸根？

　　　　　——〈斯卡羅戰歌〉

與周蘇宗老師結緣，是端著一杯咖啡，在書桌電腦前閱讀他榮獲 2022 第八屆「教育部閩客語文學獎」閩南語現代詩社會組首獎的詩作〈斯卡羅戰歌〉，未見其人已先感受到他悠揚大氣的詩風，想像他站在恆春半島的岩岸上，探索海陸間飄渺迴蕩的歷史波濤。

擁有英國國立伯明罕大學碩士學位的周老師，年輕時投入商界，經營事業有成，也是虔誠的佛教徒。近年間深刻感於臺語雖是自己的母語，從小說到大卻不會寫，進而跟隨臺中教育大學的周美香教授學習，在領略臺語之美的同時也積極投入文學創作，讓人驚豔的，具文學藝術

天分的他在短短的兩三年間即脫穎而出，拿下了教育部的文學獎。

《觀音》詩集是周老師的第一本著作，他說得很妙：「當因緣俱足，事情就這樣發生了。」的確如此，這本詩集是在諸多條件自然成熟，包含了周老師人生的閱歷與智慧、對母親的感恩與思念、對佛法的虔誠與修為、對文學藝術的熱情與精進、對母語的喜愛與疼惜等等，種種因緣交集之下所促發的成果，微妙之處想必也無須再以世俗言語畫蛇添足。因此，在這裡就僅以臺語文學雜誌的編輯和同為臺文創作者的立場，針對一般大眾較為陌生的臺語文學略作介紹和導讀，讓大家可以更深入的了解周老師弘揚族群母語的心意，以及卓爾不凡的詩藝。

臺語雖是臺灣多數人的母語，但過去因政治因素導致本土各族的母語被打壓，獨尊華語，長期施行下來普遍造成諸如周老師使用臺語的家庭面臨「會說不會寫」，無法以文字來記載或深化族群文化的窘境，也普遍除了日常生活用語，其他的幾乎都被強勢的華語所取代。即便在今天「國家語言發展法」已經上路，明訂臺灣各族語言平等，互相尊重，然在當前長年累積下來的現狀之下，臺語的復興之路依然漫長。

周老師使用臺語寫作，相信除了對成長歷程中充滿親情記憶的母語由衷珍愛之外，應該也期盼透過作品改變大家對臺語的刻板印象，共同領略臺語之美。特別是經過文學藝術的雕琢淬鍊，所呈現出來的如詩的意象、情韻、語境……，與華語作品相形之下毫不遜色，而對同母

語的族群來說更可以直接心領神會，更貼近靈魂深處。

臺語詩的創作和所有藝術創作一樣，都須經層層的努力和領悟，方能由粗入細層層精進。而且，與華語寫作相形之下還得多下一道費心的工夫——必須不斷的自我摸索、充實以往學校沒教的臺語詞彙，自行揣摩運用，因為陌生的詞彙無所不在，卻又常會遇到求知無門，所以光是這一點就可能讓初入門的人筋疲力倦了。周老師雖然投入的時日不長，不過無論臺語詞彙或語法都已精確到位，運用自如，推想應是小時候跟著母親、外公耳濡目染，加上天分和勤學，也可算是另一個層面的因緣俱足吧！

周老師《觀音》所集結的作品若與〈斯卡羅戰歌〉相互對照，可觀察到他內在思維運籌的寬廣張力，因應不同主題而轉化、抒斂。面對著重於佛與親情的創作書寫，節制了如〈斯卡羅戰歌〉的大塊雕琢、大氣揮灑的奔放，多了一份法喜和柔軟，朝向單純樸素、回歸自然語法的敘述風格。懷著弘揚母語與佛法的雙重願景，法喜詩心，自在翱翔，或許，這樣的向度可能也較接近他平日處世的性情吧。以下就舉出詩集裡的幾首作品為大家稍做導讀：

第 3 首：阿母
（節錄）
學生時代補習了後轉到阮兜

菜櫥仔內攏有一碗芳絳絳的鹹麋
頂面攏披蔥仔珠花
一粒一粒清芳蔥脆
一喙一喙愈食愈紲喙
彼是阿母疼囝的心思……

在這本詩集當中，觀音和母親的意象是交疊相融的，都是慈悲的守護神，人生中天大的恩典。這首詩透過母子互動的日常細事，以及應對中彼此互相設想和關懷，營造出一種自然、單純且口語化的敘事節奏與溫暖的氛圍。

上面所舉的描繪那碗鹹麋的詩文，在作者緩緩的舖陳當中，彷彿也緩緩的召喚著讀者自行想像，自行透過文字情境去勾勒、填補不在敘述畫面現場裡的慈母身影。我也成長於相同的時代背景，讀這首詩時也讓我聯想到兒時家裡那座古樸的「菜櫥仔」，那時母親常會從旁邊的大同電鍋裡托出一碗質地厚實的蒸蛋，吃起來的口感大概介於布丁和碗粿之間，至今仍是任何日本料理店的蒸蛋無法取代的。

第 14 首：隔壁阿公的八芝蘭刀
（節錄）
柴箍削出干樂予阮拍
石頭磨做金珠仔予阮擉
竹仔枝縛縛咧迎鼓仔燈
曆日紙黏黏咧放風吹
紙枋會使剪來搧尪仔標

只要手裡有一支八芝蘭刀

阿公啥物物件攏會曉做……

這首詩雖然同樣是緬懷親情，不過隨著不同的對象營造出不同的情境，上面所舉的詩文，字面上描繪阿公疼孫，什麼玩具都可以用那支八芝蘭刀打造出來，然唸起來時，會讓人感覺作者不僅是復刻了記憶中的兒時事物，應該也細膩的連帶復刻當時阿公說話的語氣神態，隱約交融於看似獨白的話語裡，進而烘托出阿公和孫子互動的生動場景，帶著拙趣的暖意油然而生。

而詩中所帶到的臺語用詞，如「干樂」相較於華文的「陀螺」，「風吹」相較於華文的「風箏」，「尪仔標」相較於華文的「紙牌」等，從臺語族群的觀點來看更為窩心傳神，牽動著彼此已經內化的共同的語言文化和情感，誠如前面所提可以讓人直接心領神會，無須再啟動從小不知不覺被訓練出來的，藏在腦袋裡默默進行臺華雙語互相轉譯的 App。

第 4 首：疼
（節錄）
掖一粒種子，土地還咱花蕊
疼過一改，就是加活一改
每一份喜，每一點悲
每一絲的痛疼，攏是天公伯仔對咱的疼痛
佮上蓋慈悲的心情（tsiânn）

這是一首由「痛」的感覺與經驗中所蘊發的創作，充滿了趣妙的哲思，以及淋漓發揮出詩的靈巧跳躍和轉折變化的特質。抽象的一面，作者從疼痛中感悟到生命的存在和厚度，以及上天的悲憫和對生命的疼惜。具體的一面，則從活跳跳的疼痛中體驗到各種痛的型態，如「欲疼仔若毋疼」、「幽幽仔疼」到「疼甲鑽心肝」等不同的等級。但是妙的是雖說「明明白白，疼佇身軀」，痛得真實，痛得切身，連幫忙消除病痛的現代高科技達文西醫療手術系統都引入詩裡了，卻又陷於「講袂清楚，阮的感受」的無可奈何。而轉折呼應的，這些痛似乎都不及母親生他賜予生命時「驚天動地的疼」。

上面所舉的是最後一段詩文，除了對所經歷的一切用「疼過一次，就是多活一次」的灑脫超然領受來結尾之外，也像有些電影裡放了彩蛋一般，順著劇情將一般人經常搞不清楚的，臺語中的「痛疼 thàng-thiànn（華語的疼痛之意）」和「疼痛 thiànn-thàng（華語的疼愛之意）」，巧妙的做了置入性的詮釋。而不知怎樣，閱讀後偶爾還會想到作者的痛，不知有沒有好了點。

其他的詩作都分別各具特色，就不再一一例舉了。希望以上的解說有助於大家對《觀音》詩集的閱讀，以及對臺語文學多一份認識。詩的賞析是寬闊的，如有粗淺「誤讀」之處還望多多包涵。接下來，就請大家自己細細品味吧！

「太平洋的風，佮阮佇錐麓相搪，鹹鹹的風是太平洋的氣味，袂輸番薯糜攪鹽的清芳；太平洋的風，佇九曲洞佮阮相逢，閒閒的風是太平洋的懶屍，敢若秋清的老榕仔跤的下晡時……」一首〈太平洋的風〉偶然開啟了我的臺語詩寫作。

《觀音》是我的第一本著作，是以臺語文寫對佛法的體悟，一般讀者可能覺得不可思議；其實，就是佛家講的緣分；當因緣俱足，事情就這樣發生了。

入寶山而文思泉湧，是我與佛詩的奇妙相遇！十多年前，三洋維士比陳和順董事長的推介，讓我有機緣參與佛光山萬緣水陸法會，雖然那時我對水陸法會沒有絲毫概念。灑淨當天傍晚，我到佛光山報到，南屏別院住持妙樂法師帶著我四處走走，熟悉環境。11月的大樹鄉，即

便處於國境之南，仍可感受到深秋初冬的涼意。看著法師莊嚴的背影和輕盈的步履，心想：如此年輕就能入道，是何等的福報因緣！隨著法師信步來到「回頭是岸」的牌樓下，山風徐徐，暮雨霏霏。眼前一片翠綠，樹梢點綴著山花嫣紅，靈光乍現，忽得四句：

佛光山雨伴黃昏，大雄殿堂不動尊；
人間時節隨緣現，花開花謝總是春。

隨後，妙樂法師帶我至大雄寶殿禮佛，仰望雄偉大殿中佛陀的紫顏金容，平靜的心海湧現佛菩薩的慈悲音聲：

佛光山雨上金臺，大雄寶殿香雲蓋；
佛菩薩眾勤加被，六道聖凡西方來。

臺語是我的母語，外公算是我的私塾老師，教我講臺語、寫漢字、讀古文。從小跟著他學 15 音、45 韻母、8 聲 7 調。外公教我的第一首詩是宋朝程顥的〈春日偶成〉：「雲淡風輕近午天，傍花隨柳過前川；時人不識余心樂，將謂偷閒學少年。」兒時與外公用臺語吟唱古詩詞，是永遠難忘的美麗畫面。

年過六十，赫然發現自己講臺語、作臺語詩，卻不知有所謂的「臺語

字」，於是上網搜尋，報名參加周美香老師的閩南語課程，才讓我的臺語「文、語、字」一體到位，對我的臺語詩創作有很大的幫助。

本詩集文字與音聲的呈現，因為我的成長環境及說寫習慣，也許不如讀者先進們的期待，還請不吝賜教與包涵。譬如，「食」、「石」、「藥」等第 8 調的臺語字，我唸起來比較像第 7 調，不若南部親朋好友們的自然上揚短促。我的 5 變 7 也比較像 5 變 3 的泉州腔，例如：排骨、泉水、緣分、羅列等詞的詞首。可以想像「泉水」5 變 7，我唸 5 變 3，自然就比較像「濺水」的 7 變 3。不過，這也是語言南腔北調的迷人之處。又如第 29 首〈念佛聲〉，其中「若像時間的流逝」的「逝」，教典只有一個念法 /tsuā/；我唸文音的 /sī/，是《彙音寶鑑》的讀法 /居七時 /，字義也截然不同。此外，第 30 首〈道場〉的「伊指頭間，捒出一捾光明圓滿的甘露水」。寫這首詩的時候，還不知道有臺語字，都是先口唸錄音，之後再找「自以為恰當的字」寫下。編錄詩集時，回顧這首初期的作品，不禁莞爾自問：「這是臺語嗎？」刻意留著不修改，記錄自己創作的痕跡，也留給讀者先進們結緣的發揮。

特別須提的是「捨」字，因為它在詩集出現多次，而且我問了北部十幾位母語是臺語的親朋好友：「捨，臺語怎麼唸？」竟然只得到「沒想過（不會唸！）和唸第 3 調 /sià/」兩種回應。我也不例外，習慣唸第 3 調！當然，習慣是一回事，正確與否又是另一回事，以免誤導讀

者。教典：捨 /siá/；《彙音寶鑑》：/ 迦二時 /；都是唸第 2 調，與「寫」同音。事實上，除了書寫以外，臺語的日常用到「捨」字的時機我只記得幾個：「無捨施 bô-siá-sì」，現代人大概也都用「可憐」代替了。「捨施 siá-sì」，其實比較接近華語的施捨；至於「施捨 sì-siá」，我會講布施（華語臺語同）。

我從小至今，99.9% 的時間講臺語，習慣文白夾雜。曾經有朋友指出我的某一首臺語詩中的「雲淡風輕」四字問：「這是華語吧？」前文提到，外公教我的第一首詩是宋朝程顥的〈春日偶成〉，詩中的「雲淡風輕」也常常出現在我的臺語詩裡。外公是不講還是不會講華語，我不清楚，印象中沒聽他說過一句，所以，他講的應該是臺語；再者，程顥（1032～1085）北宋人，北宋國都開封，以洛陽方言為主，至於是不是所謂的河洛話？我沒研究。總之，外公是用臺語教我說和聽，而寫是用漢字。

我華語講的不是很好，至今捲舌不捲舌，都還唸不清楚。不過，當年高中聯考國文科滿分 200 分，測驗題 120 分我全拿，作文 80 分也拿了 60 幾分。讀者先進們可能會問：「測驗題裡面的注音題怎麼辦？」活背啊！利用圖像幫助分辨及記憶，譬如：以三叉戟記捲舌「ㄓ」，以斧頭記不捲舌「ㄗ」。讀小學時，常常為了捲不捲舌，被老師個別指導。所以，也訓練出自己獨有的語言叢林求生法。

開始寫臺語詩的動能，始於 2020 年的花東之旅。那一年歲末的 12 月

與財金文化謝金河董事長遊花東，九曲洞一陣迷人的涼風給我莫名的感動，導遊先生說那是太平洋吹來的風，當下就用臺語文抒發這樣的心情，於是一首〈太平洋的風〉偶然開啟了我的臺語詩寫作之旅：「太平洋的風，佮阮佇錐麓相搪，鹹鹹的風是太平洋的氣味，袂輸番薯攪鹽的清芳；太平洋的風，佇九曲洞佮阮相逢，閒閒的風是太平洋的懶屍，敢若秋清的老榕仔跤的下晡時……」。之後不到三個月，寫了約 300 首臺語詩。大學時代寫華語現代詩，四年也才擠出 10 首左右；用臺語文一口氣就創作了幾百首，顯然臺語文才是我寫作的靈魂。

去年（2021）母親在我生日前一天的凌晨往生，在這之前我只寫了〈觀音〉、〈道場〉、〈捨得〉這三首與佛法有關的臺語詩；在母親告別式前，妙樂法師看到我的臺語詩〈阿母〉，希望我投稿《人間福報》。之後的某個當下，我悄悄許願，期勉自己完成一系列的 32 首臺語詩，也就是呈現給讀者的《觀音》詩集。發心創作時，正值母親往生做七期間；在告別式上，我唸誦了〈阿母〉，送母親最後一程。

與香海文化正式討論詩集的出版前，欣聞拙作〈斯卡羅戰歌〉倖得第八屆教育部「閩客語文學獎」閩南語現代詩社會組第一名。頒獎典禮當天，我穿著 Paul Smith 的襯衫領獎，純白的襯衫，胸前印著一朵超大鮮紅的玫瑰花，是格格不入，還是超級顯眼？我不清楚，也不是很在意，只有好心情。活靈活現的襯衫花，也是我法喜充滿的心花。星

雲大師說：「幸福在哪裡？幸福，源自我們的心靈。」它不只是印在襯衫上面的瑰麗花朵，也是開在我內心燦爛的心花朵朵。

〈觀音讚〉：「觀音菩薩妙難酬，清淨莊嚴累劫修；三十二應遍塵剎，百千萬劫化閻浮。瓶中甘露常遍灑，手內楊枝不計秋；千處祈求千處應，苦海常作度人舟。」數字雖是名相，32 對佛子來說卻意義深遠。本師釋迦牟尼佛有三十二相，相好莊嚴；觀世音菩薩聞聲救苦，三十二應遍塵剎。《觀音》詩集一開始收錄 32 首，就是這麼一個簡單的念頭。特別收錄得獎的〈斯卡羅戰歌〉之後，不就變成 33 首？其實，32 或 33 是名相，但也是心意。

巧合的是，編輯的工作日誌表定新書入庫時間 10 月 26 日，正是母親往生滿一年，臺灣民間所稱的「對年」，這一切都有「觀音」菩薩慈悲安排。

總編輯將 32 首臺語詩巧妙分成「交織」和「放光」兩部分。「交織」既是 Part I 的單元名，也是詩集的第一首詩；Part I 收錄的 16 首詩，寫的是悲歡離合，人生體驗。〈交織〉述說隔陰之迷，一直輪迴，一直投胎；只要當人，就會當局者迷，累劫累世，層層作繭自縛。〈疼〉寫手術開刀後，肉體上的痛；〈阿母〉則是與母親永別的痛徹心扉。〈捨得〉與〈笑〉皆是處世良方，〈勸世文〉靈感來自憨山大師的《勸

世文》。〈鏡〉與〈燼〉引用兩首古讖發揮，〈無事〉才能耳清、目明、心平靜，找到最簡單的〈幸福〉。〈隔壁阿公的八芝蘭刀〉寫的是對外公的懷念。〈用心聽無情〉來自真實的感受，及讀詩的領悟：蘇東坡的「溪聲盡是廣長舌，山色無非清淨身」；或者《指月錄》的「青青翠竹盡是法身，鬱鬱黃花無非般若」；甚至我的「翠竹黃花映捲簾，山澗溪聲擾人閒；若無一事掛心頭，紅塵俗世恁麼眠。」用心，即是。

「放光」是 Part II 的單元名，也是詩集的第 17 首詩；Part II 也收錄了16 首詩，與其說是佛詩創作，不如說是佛菩薩的慈悲加被。〈放光〉不是外求神通，是放下往內。不演電光火石的霹靂大戲，是慈悲喜捨的溫馨小品。每個人都發露心光，光光相照，世界才會祥和。《觀音》詩集收錄的 32 首臺語詩，如弘一大師說的「悲欣交集」，也同第 12首〈無事〉，廣欽老和尚用臺語講的「無來無去，無啥物代誌」。詩集的完成，經歷了不可思議的法喜！第 19 首〈六字大明咒〉，題目定好了，忽覺用臺語文書寫且是有聲作品，難度不小。我告訴自己：「星雲大師說，有佛法就有辦法。」別擔心，明天再繼續。次日，天未亮醒來，一下筆就圓滿了這首〈六字大明咒〉，我明明白白知道是佛菩薩的加持。第 25 首〈觀音〉，不只一次聽者感動而潸然淚下，想是同我深感於菩薩的慈悲。

現代人用臺語文寫詩的不少，就人口比例來講並不多；寫佛詩的本來就不多，用臺語文寫的更是鳳毛鱗爪。以佛子自許的我，因為佛菩薩

的加持，法師們的助緣，師兄師姐們的鼓勵，老師與同學們的期許，圓滿了《觀音》詩集。書中的每首詩都附有精簡的註釋（臺羅注音只選我慣用的標註，南腔北調或是一字多音的情況，還請讀者自行查閱辭典）及音檔，只要用手機 QR 一下，即可對照詩文聆聽，不只有文字般若，也有音聲般若；讀者大眾若能有所體悟，應該就是不可說不可說的實相般若吧！

遠在美國的劉思妤，她的繪圖為這本詩集增添不少風采。遠渡重洋的她，年輕、陽光、才華洋溢，我總覺得她的作品會是這世上的美滿因緣。錄配音師張巍瀧為詩集錄音及配樂，讀者不僅能看詩也能聽詩。瀧瀧大哥年長我幾十天，由衷感謝他在錄音專業上的指導與鼓勵，圓滿了詩篇朗讀及悅聽。

感謝佛光山南屏別院住持妙樂法師及香海文化執行長妙蘊法師的促成，要感恩的人太多，佛子頭面頂禮感恩佛菩薩的慈悲加被。

《觀音》是思念親人的容顏音聲、是觀看詩句、是聆聽作者或自己朗讀的音聲，更是關懷傾聽世間的音聲。觀自在，關心自己，也關懷眾生；觀照自己的心，才能得自在；慈悲喜捨，心心相印，不觀也自在。

謹以此《觀音》詩集獻給我最思念的母親，也祈願讀者聽眾，法喜充滿，生活如意，一切平安。阿彌陀佛～

PART *I* 交織

PART II 放光

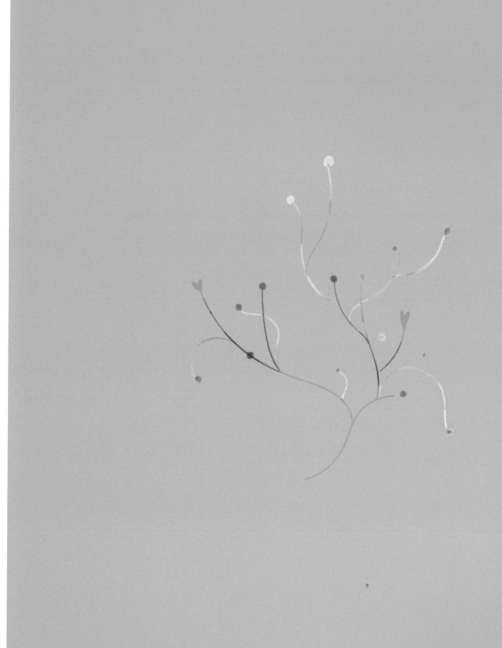

PART

I

交織

周蘇宗
臺語詩

1 /

交織

kau
tsit

幻影交織

層劫迷惑

自性本空

森然羅列

受想行識

人生之網

性命過客

◇◇◇◇◇◇◇◇◇◇◇

一往情深

人生種種

一網打盡

蟬鳴鳥啼

花芳²光影

交響出

網中人的夢中曲

1. 受想行識 siū sióng hîng sik：指五蘊之色受想行識。

2. 花芳 hue-phang 花香。

第一首〈交織〉，就像整本詩集的開場，

◆◆

揭開生命交織的序幕，

◆◆

其實是對著一張在溪頭由樹下往上拍的照片發想而來的。

◆◆

層層疊疊的枝葉樹網，如夢似幻，

◆◆

也彷彿此起彼承、相互依存緣起的娑婆世間。

◆◆

2/

sènn
miā
tshiū

性
命
樹

共向望掀種佇母親的塗裡

早暗用心沃水，按節氣掀肥

釘根好勢，才會有志氣，好育飼

地水火風，強求無趣味

因緣和合，自然就

風生水起，歡喜佮意

頭一改發穎，袂輸空氣當中

無張持發出來的一撮青春活力

干焦一粒仔疕，卻是上奢颺的代誌

親像雲尪的樹蔭，是阿母溫暖的守護

毋驚炎天赤日頭，替咱閘風擋雨

是菩薩悲心，抑是凡夫痴情[17]

是無情說法，或者有情聽經

種子，發穎；樹身，樹枝

挺起規片天[18][19]

高長大漢的古樹，極加是片雲點太虛[20]

虛空恬靜，卻是千言萬語斷半字

sènn miā

tshiū

看破，放下

紅塵紛擾的娑婆世間

嘛會使優雅清芳[21]

繁花滿滿是

臺語文註解

1. 共 kā 把。

2. 向望 ǹg-bāng 期盼。

3. 掖種 iā-tsíng 播種。

4. 佇 tī 在某個地方。

5. 塗 thôo 土壤、土地。

6. 沃水 ak-tsuí 澆水。

7. 掖肥 iā-puî 撒肥。

8. 好勢 hó-sè 事情順利完成。

9. 佮意 kah-ì 中意。

10. 頭一改 thâu-tsit-kái 第一次。

11. 發穎 huat-ínn 發芽。

12. 袂輸 buē-su 好像。

13. 干焦 kan-na 僅只。

14. 一粒仔疕 tsìt-liàp-á-phí 一丁點。

15. 奢颺 tshia-iānn 風光、引以為傲。

16. 雲尪 hûn-ang 天空中各種形狀的大片雲朵。

17. 抑是 iah-sī 或者是。

18. 挺 thánn 用手托高。

19. 規片 kui-phiàn 整片。

20. 極加 kìk-ke 頂多。

21. 會使 ē-sái 能夠。

3/

阿母

(((iOS))) ((Android)))

a-bú

3-1

阿母，多謝你

a bú to si

阮阿母老矣

倒佇眠床，罕得開喙

轉去看阿母，嘛是予阿母看

做人序細[1]，毋是傷慢會曉想[2]

就是傷早離開家

學生時代補習了後轉到阮兜[3]

菜櫥仔內攏有一碗芳絳絳的鹹糜[4]

頂面攏披蔥仔珠花

一粒一粒清芳蔥脆

一喙一喙愈食愈紲喙[5][6]

彼是阿母疼囝的心思

足想欲問阿母：[7]

你會枵無？敢有想欲食鹹糜？[8]

已經踅濟年矣，你無講啥貨

逐改轉來看你，你極加用目睭共阮瞄

阮攏了解你的心意

路途遙遠，驚阮窒車會吞

車票踅貴，無愛阮無彩錢

好食的物件，你無法度哺

婿衫你嘛無機會通穿

足想欲閣佮你繼續開講

咱這世人猶未講完的故事

雖罔你已經袂得開喙

足想欲閣聽你罵阮一改：死囡仔

彼應該會是上快活的代誌

坐佇你的眠床邊

园一蕊剪絨仔花佇枕頭頂

干焦欲共你講：阿母，多謝你

臺語文註解

1. 序細 sī-sè/suè 晚輩。

2. 傷慢 siunn bān 太慢。

3. 兜 tau 家。

4. 芳絳絳 phang-kòng-kòng 香噴噴。

5. 食 tsiàh 吃。

6. 紲喙 suà-tshuì 順口。

7. 足 tsiok 非常、十分。

8. 枵 iau 餓。

9. 遐 hiah 那麼。

10. 濟 tsē/tsuē 多。

11. 逐改 tàk-kái 每次。

12. 瞇 nih 眨眼。

13. 窒車 that-tshia 塞車。

14. 忝 thiám 疲累。

15. 無彩 bô-tshái 浪費。

16. 哺 pōo 咀嚼。

17. 媠 suí 漂亮的。

18. 佮 kah 與。

19. 园 khǹg 放置。

20. 剪絨仔花 tsián-jiông-á-hue 康乃馨。

sio sî

2021 年 11 月 18，烏陰落雨

天猶未光的 5 點外

天色佮阮的心情，仝款沉重

宛然是烏色的無常使者

哀愁的幽靈馬車

載著阿母的三魂七魄

準備欲起行

阮佇車內陪伴，手扞阿母的相片

感念伊在生的時

按怎拚這个家，辛苦共阮晟

佇古亭庄巷仔內

慢慢仔徙跤相辭

惜別阿母囡仔時代到老

悲歡離合，青春年少

美夢成真佮幻滅的所在

阿母欲離開矣

阮的心嘛早就已經碎矣

◇◇◇◇◇◇◇◇◇◇

北海岸毋是天邊海角

卻是冥陽兩界

阮佇山跤，阿母佇山頂

阮會拜託山頂尾溜，飄過的雲蕊

有閒不時替阮，行踏送心情（tsiânn）

阮會共家己講

世間只是借蹛親像水月空華（hua）

一切攏是幻化

毋過情份袂變的是

阮母仔囝

3-3

墓園

北海岸玫瑰園，一港溫暖的海風[1]

親像阿母燦爛的笑容

安慰阮毋通悲傷[2]

阿母講，遮有山有海，閣有佛寺[3]

可比是天堂

阿母講，遮有花有草，嘛有寶塔

敢若是西方[4]

g hũg

阮毋敢放聲吼 [5]

恐驚傷過澹溼的目屎，

會擾亂已經焦燥的所在 [6]

阮毋敢過頭想你

煩惱傷過沉重的思念，

會哳歹墓園的植栽 [7]

阮嘛想欲化做千風，定定來阿母身軀邊做伴

熱人佇你四籬輾轉踅玲瑯，予你消涼 [8] [9]

寒天罩佇你四周圍熁燒氣，予你溫暖 [10]

透早用日頭光喊你起床，

暗時用月光守護你的身影

化作千風會較扭掠[11]

三不五時做伙

早起來去（lái）海邊，散步聽海看日出

黃昏來去（lái）山頂，開講泡茶看紅霞

母仔囝毋是干焦一世人的親情

彼是累世萬劫的緣份

白色的山桂花發穎進前，阮會閣來看你

阮會交代個墓草毋免修剪

按呢才知影，阮對阿母的思念

有偌[12]深偌長

臺語文註解

1. 港 káng 流體的量詞。例：「一港風」即一股風。

2. 毋通 m̄-thang 不要。

3. 遮 tsia 這裡。

4. 敢若 kánn-ná 好像。

5. 吼 háu 哭泣。

6. 焦燥 ta-sò 乾燥。

7. 硩歹 teh-pháinn 壓毀。

8. 四箍輾轉 sì-khoo-liàn-tńg 四周圍。

9. 踅玲瑯 sėh-lin-long 繞圈子。

10. 燀 hannh/hah 烘熱。

11. 扭掠 liú-liàh 動作敏捷。

12. 偌 guā 多少。

曾刊載在 2021 年 11 月 14 日《人間福報》的 B5 版，是這輩子想說，又來不及對母親說的話；平鋪直敘，卻撫慰了無數聽過或讀過的親朋好友的心。

〈**阿母，多謝你**〉寫在 2021 年母親節前夕，原本想在母親節當天唸給她聽；個性活潑健談但對阿母的感情卻又含蓄的我，只在阿母病床邊握著她的手默唸，沒唸出聲。告別式那天，即便是泣不成聲，我還是在妙樂法師的協助下，把這首詩獻給母親，送她最後一程。

〈**相辭**〉寫的是告別式當天凌晨，到舊家除靈（撤除靈堂），抱著阿母的遺照，搭上黑色靈車前往二殯的心情。晉江街舊家，是母親小時候跟著外公從廈門來臺灣，成長生活的地方。「塗墼厝」在我唸高中時，改建成五層樓公寓，老宅裡裝滿母親一輩子的回憶。

〈**墓園**〉是阿母的骨灰進塔圓滿後，希望阿母安息，也安慰自己平靜的自我療癒。進塔時辰一到，北海岸下起豪雨，心想大雨來的正是時候，可以盡情的哭。

4/

疼

明明白白，疼佇身軀

講袂清楚，阮的感受

拄才為你挽的在欉的雺霧

手底一放開，煞一無所有

疼，是性命的面紗

掀起來進前，攏是生份人

疼，是活跳跳的感受

疼過才知影性命的厚度

幽幽仔疼，沓沓仔體會[6]

疼甲鑽心肝，頓悟當下

心肝頭勻勻仔捨離，肉體一分一厘牽絲[7]

定定借「達文西」的刀，用咱的血祭改

送別年久月深、形影相隨的拖累

疼，是死神咧威脅，抑是性命的恩典[8]

疼，是痛苦的宣言，或者性命的禮讚

◇◇◇◇◇◇◇◇◇

thiànn

背向日頭，干焦看會著家己的烏影

驚疼，凡勢加愈濟傷痕

用心感受

疼，是性命對咱的疼惜

若無阿母斯當時驚天動地的疼

賜予咱寶貴的性命

欲佗有現此時「渾然天成」的欲疼仔若毋疼

掖一粒種子，土地還咱花蕊

疼過一改，就是加活一改

每一份喜，每一點悲

每一絲的痛疼[10]，攏是天公伯仔對咱的疼痛[11]

佮上蓋慈悲的心情（tsiânn）

臺語文註解

1. 拄才 tú-tsiah 剛剛。

2. 挽 bán 採、摘。

3. 在欉的 tsāi-tsâng--ê 剛從果樹上摘下來的，此指當下的。

4. 煞 suah 竟然。

5. 生份人 tshenn-hūn-lâng 陌生人。

6. 沓沓仔 táuh-táuh-á 慢慢地。

7. 勻勻仔 ûn-ûn-á 慢慢地。

8. 咧 leh/teh 正在做某事。

9. 欲佗有 beh tó ū 哪裡會有。

10. 痛疼 thàng-thiànn 疼痛。

11. 疼痛 thiànn-thàng 疼惜。

5/

捨・得

siá
tit

(((iOS)))

(((Android)))

依依難捨，嘛是著捨[1][2]

勢在必得，未必可得

捨去金錢，得著富貴[3]

捨去無明，得著智慧

捨去世間，得著天堂

捨去此方，得著西方

捨離，得舍利

得著，著啥物[4]

慈悲喜捨，無所不得

tshiò

6/笑

(((iOS)))　(((Android)))

◇◇◇◇◇◇◇◇◇◇
◇
◇
◇
◇
◇

過往的傷痕，猶閣咧搐搐仔疼[1]

共藏佇內層的心事叫精神[2]

每一个人攏有伊心肝內

貯的代誌[3]

精差疼法無仝款[4]

除了生老病死、求之不得、愛人惜別、冤家相搪[5]

嘛攏是苦佮疼

有傷就有藥，只驚你毋服用

毋是吊膏，毋是草藥

毋免注射，毋免煎藥仔

啥物仙丹妙藥遮爾好？[6]

少窮分，心定著[7]

莫囉嗦，捷捷笑[8]

一日笑三回，較贏人參高麗

逐工笑三擺，較贏食「高鈣」[9][10]

捷笑食百二，袂笑加厭氣

有啥物不如意

嘛是著笑笑過日子

臺語文註解

1. 搐搐仔疼 tiuh-tiuh-á-thiànn 隱約一陣陣抽痛。

2. 叫精神 kìo-tsing-sîn 叫醒。

3. 貯 tué 裝盛。

4. 精差 tsing-tsha 差別。

5. 相搪 sio-tn̄g 相遇。

6. 遮爾 tsiah-nī 這麼。

7. 定著 tiānn-tiȯh 安穩。

8. 捷捷 tsiȧp-tsiȧp 常常。

9. 逐工 tȧk-kang 每天。

10. 擺 pái/páinn 次。

7/

剪頭鬃

(((iOS)))

(((Android)))

tsián

thâu

剪落三千青絲

嘛猶有八萬一千

的煩惱

鉸斷舊的激心[1]　[2]

嘛閣有新的憂愁

操煩毋是生佇頭殼頂

頭毛鉸了

嘛是賰毛跤[3][4]

頭鬃挐氅氅[5]

難免心肝亂操操

五摠頭剃清氣[6][7]

才是上要緊的代誌

臺 語 文 註 解

1. 鉸 ka 修剪。

2. 激心 kik-sim 煩惱。

3. 賰 tshun 剩餘。

4. 毛跤 mîg-kha 髮際。

5. 挐氅氅 lû-tsháng-tsháng 雜亂無章。

6. 五摠頭 gōo-tsáng-thâu 指色、受、想、行、識，五蘊。

7. 清氣 tshing-khì 乾淨。

khuàn
sè bûn

8/

勸世文

紅塵自古是非濟，口舌長短加減會

省事事省袂失禮，毋通無事唰夯枒[1]

別人差錯莫議論，家己失誤著頂真[2]

千江有水千江月，江水東流無留痕[3]

人生算來有夠短，哪著冤家閣量債[4]

讓人三分無食虧，佔人便宜長啥貨[5]

榮華富貴一場空，用心計較無彩工[6]

斤斤計較著內傷[7]，莫傷窮分較樂暢[8]

◇◇◇◇◇◇◇◇◇◇◇◇

僥倖之財失德了，冤枉趁著跋輸筊
勤儉拍拚來做人，較贏戀戀咧眠夢
閒閒加減遊山水，何必無事惹是非
世間凡夫上無情，君子之交較清閒
交陪曠闊毋是穩，凡勢拄好予人害
獨善其身好代誌，熱心公益嘛可以
解決代誌無算巧，莫予發生才是勢

性命旅途有懸低，一時失志免怨感[18]

順風毋通駛盡帆，擖風嘛免嫌歹紡[19][20]

自私自利無穩贏，起心動念為眾人

清彩抾著袂歸尾，骨力拍拚上有底[21][22][23][24]

改頭換面重拍起，耐心聽候好時機

出世無紮啥物件，離開莫想紮走啥[25]

無來無去無代誌，有來有去加纓纏

萬貫家財攏是假，會行會走真家伙[26]

山珍海味一頓飯，番薯攪糜嘛清甜

人生本來一齣戲，戲文好歹看家己

戲棚大細無要緊，戲齣長短算啥物[27]

有情有義有目屎，勝過亡命走天涯

鑼鼓響起認真搬[28]，一旦煞鼓免拖沙[29][30]

天堂地獄一線間，西方極樂有何難

放下看破無掛礙，來去自如嗡阿吽

9/ 天理

(((iOS)))

(((Android)))

伨伊為敵，占無便宜
伨伊做對，若無行去¹
嘛半小死²，無好日子

天蠍無敵，非伊對手
歹人韌命³，活無伊久
小人覕藏⁴，覕無幾冬

照伊路行，光明正道
毋照起工，跋馬敗輦⁵
愈僻愈遠，綴袂著陣

何方神聖，遮爾厲害？
免費疑猜，隨報恁知
昭昭天理，上蓋偉大

臺語文註解

1. 行去 kiânn--khì 蹺辮子。

2. 半小死 puànn-sió-sí 半死。

3. 韌命 lūn-miā 有韌性的生命力。

4. 覕 bih 躲藏。

5. 跋馬敗輦 puàh-bé bāi-lián 人仰馬翻、脫序失敗。

10/

鏡

kiànn

(((iOS))) (((Android)))

古讖講：

「鏡蒙塵，面失真。苦衷隱，為顏神。
不改進，火焚身。轉變迅，屈自伸。」

照鏡照規世人矣，好佳哉無變歹人

毋過，敢有變好人？

少年時代照鏡，捋頭鬃擠痱仔[1] [2]

半老老照鏡，目睭那繩那揣白頭鬃[3] [4]

少年照鏡，照風神愛體面

食老照鏡，照精神顧德行

鏡會使莫照，人袂使無做

外表會使失真，人品毋通失德

照鏡毋是干焦照媌，嘛愛照智慧

鏡毋干焦水銀玻璃鏡

親情朋友攏是鏡，上清上明的鏡

心情穩綴咱憂，心情好綴咱笑

小可仔⁵無拄好⁶，Line 一下，隨袂記得⁷無爽快

人生愛學鏡：

有照有影，無照無影，心肝底攏知影

毋過，來去自如，無影無跡

◇◇◇◇◇◇◇◇◇◇◇◇◇

11 /

燼

tsin

(((Android)))

周蘇宗
臺語詩

古讖講：「灶冷仍熅爐，管吹火再興；
耦耱耰無盡，推陳自出新。」

灶愛一把火，草愛一點露

人愛一口氣

只要源頭猶閣佇咧[1]

火爐嘛會變火旺

萬物毋驚出身低

栽仔變大欉[2]，囡仔轉大人[3]

上驚

欲食毋討趁[4]，貧惰激愣愣[5]

欲食就愛做，有做有通食

上好是有食閣有掠[6]

毋過愛拍拚

人生會使變，嘛會使莫變

變是隨緣，佮逐家結緣[7]

毋變是堅持

對家己的舊物仔惜情

隨緣不變，不變隨緣

糶出糴入，推陳出新[8]

咱大氣欤到底

共歹空的揀走[9][10]

迎接好字運[11]

12/

無事

bô

sū

(((iOS)))　(((Android)))

bô sū

人生袂使掛免戰牌

無代誌上好

毋過無遐爾仔好食睏

人無千日好，花無百日紅

閒來無事較贏趁大錢

有事，普通攏嘛無好空

無事就是平安

無事才會當無憂，無憂才袂心煩

菩提本無樹，心肝嘛本無憂

閒閒無事，才聽會著宇宙[5]

無事耳空清[6]，耳清心就明

心明就平靜

菩提本非樹，代誌嘛無是非

是佮非攏是分別

有時星光有時月明

莫窮分，心靈才會發光

無事誠[7]幸福，加一事不如減一事

無事莫夯枷，無事嘛莫行跤花[8]

無事心安，事事攏平安

臺語文註解

1. 袂使 buē-saih 不可以。

2. 遐爾仔 hiah-nī-á 那麼。

3. 好食睏 hó-tsiàh-khùn 好吃好睡。

4. 好空 hó-khang 好事情。

5. 聽會著 thiann ē tióh 聽得到。

6. 耳空 hīnn-khang 耳根、耳朵。

7. 誠 tsiânn 很、非常。

8. 行跤花 kiânn-kha-hue 閒逛。

13/

幸福

hīng
hok

幸福是啥物？看無，摸袂著
袂輸新鮮的空氣
軟落去到地，心情會歡喜

幸福是啥物？免錢，無地買
敢若性命的泉水
洗落去到地，心靈會清氣

幸福是啥物？袂化[3]，免挓火[4]

親像光明的種子

點落去到地，元神會光彩

幸福是騎佇老榕仔跤[5]的椅條歇涼[6]

幸福是熱人啉[7]一碗酸甘甜的薁蕘[8]

幸福是寒天蓋一領溫暖的棉襀被

幸福其實誠簡單

免穿偌奓[9]，幸福就是婿衫

免掛珠寶，幸福就是璇石[10]

有人一世人追求，駛跑車蹛好額厝，全款逐工足鬱卒[11]

有人趁濟濟錢，愈趁人愈虛，感覺人生無趣味

有人粗菜便飯，愈食愈歡喜，感覺人生有夠甜

幸福是啥物

伊毋是物仔，伊是一種感受

幸福佇佗位？伊無佇外口[12]

伊是你的心花開

臺語文註解

1. 欶 suh 吸。

2. 到地 kàu-tè 指動作或事情進行到某一階段。

3. 化 hua 熄滅。

4. 挓火 thà-hué 撥動火苗使其再燃燒。

5. 麗 the 半躺臥。

6. 榕仔跤 tsîng-á-kha 榕樹下。

7. 啉 lim 飲。

8. 薁蕘 ò-giô 愛玉。

9. 奅 phānn 時髦。

10. 璇石 suān-tsióh 鑽石。

11. 好額厝 hó-giàh-tshù 豪宅。

12. 外口 guā-kháu 外面。

14 /

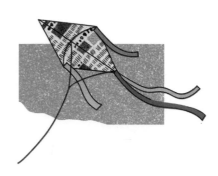

隔壁阿公的　八芝蘭刀[1]

keh piah
a kong ê
pat tsi lân
to

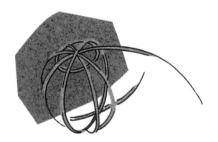

外公往過蹛佇古亭庄的舊街仔

阮兜舊厝隔壁

自細漢阮就叫伊

隔壁阿公

阿公有一支寶刀

彼是士林的八芝蘭刀

茄形柄，竹葉刀

削鉛筆，切水果

敢若小說內底講的

倚天劍佮屠龍刀

◇◇◇◇◇◇◇◇◇◇◇

雖然毋是削鐵如泥

卻會當巧妙做出誠濟迢迌物仔

無論「做勞作」抑是薅藥草

毋管山邊海岸抑是門口埕

隔壁阿公攏嘛是

為著伊的金孫咧拚

柴箍削出干樂予阮拍

石頭磨做金珠仔予阮擉

竹仔枝縛縛咧迎鼓仔燈

曆日紙黏黏咧放風吹

紙枋會使剪來搧尪仔標

只要手裡有一支八芝蘭刀

阿公啥物物件攏會曉做

阮叫外公嘛是叫阿公

因為外公無佇外口佇內底

伊永遠蹛佇阮的心肝底

臺語文註解

1. 八芝蘭 Pat-tsi-lân 臺北市士林。

2. 細漢 sè-hàn 此指小時候。

3. 勞作 lô-tsoh/tsok 小學美勞課作業。

4. 薅 khau 拔取。

5. 柴箍 tshâ-khoo 木塊。

6. 干樂 kan-lòk 陀螺。

7. 金珠仔 kim-tsu-á 彈珠。

8. 擉 tiak/tiàk 彈射。

9. 鼓仔燈 kóo-á-ting 燈籠。

10. 風吹 hong-tshue 風箏。

11. 紙枋 tsuá-pang 紙板。

12. 尪仔標 ang-á-phiau 童玩圓牌。

〈隔壁阿公的八芝蘭刀〉，抒發兒時祖孫朝夕相處的溫馨回憶。外公琴棋書畫樣樣精通，廈門經商本來也商場得意，後來的一場無情火把他的店面燒盡。回臺後悠閒的在晉江街當房東，平淡的度過餘生。我常在想，如果沒有那把無情火，外公繼續經商，我的回憶裡還會有那麼多祖孫相處的「兒時記趣」嗎？人生總總，隱約都是因緣和合，年逾耳順的我，愈來愈相信命定。不是消極，而是一種淡定的雲淡風輕。

iōng sim
thiann
bû tsîng

周蘇宗
臺語詩

15 /

用心聽無情

◇◇◇◇◇◇◇◇◇◇

天頂一陣燦爛的流星雨

空靈顯目，毋過短促甲予人嘆息

山裡粉紅鬧熱的山櫻花

美豔動人，終其尾嘛是繁華落盡，

成做春塗

山河大地恬靜示現

花香鳥語活潑說法

櫻花開矣，閣來就是花謝

泉水清涼，自古就是變動透流[3]

百年的古樹

樹蔭敢是往陣發穎抽枝的綠葉？[4]

奔流的江河

敢猶是古早暗流相瀉的水流？[5]

無情講經你聽無

有情眾生刁意故

十世古今，若像茫茫渺渺的眠夢

無始虛空，宛然宇宙流浪的煙波

起起落落的無常萬象

就是法身不變的真常

凡夫心，定定捒跋反[7]

有時嘛像空谷清淨

用心計較，不如慈心迴向

用盡心機，不如悲心布施

吵吵鬧鬧，不如身心放下

用心傾聽無情的山河，開演大法

用咱恆常不變，卻不時拍毋見的[8]

彼粒心

111

16/

櫻

ing

(((iOS)))

(((Android)))

櫻花開矣

粉紅是伊色水[1]的基本款

體態是伊無仝的範勢[2]

山邊或者坑崁[3]

是伊的筋絡

末代武士講「perfect」

一休和尚講空不異色

山內無伊無像春天

落雪無伊嘛減少詩意

伊是妝娗[4]季節的胭脂

伊是點著暗時的仙女銀花

伊是湠甲滿山坪的熱情火樹[5]

山櫻花沓沓仔紅囉

咱閣來去拜訪春天

臺語文註解

1. 色水 sik-tsuí 顏色。

2. 範勢 pān-sè 態勢。

3. 坑崁 khinn/khenn-khàm 山崖、山谷。

4. 妝娗 tsng-thānn 裝扮。

5. 湠 thuànn 蔓延。

〈櫻〉，有我個人喜好的美學與意境，或者說感動。渡邊謙與

湯姆克魯斯主演的《末代武士》，對我來說是絕美的美麗與哀

愁。勝元盛次（渡邊謙飾）在納森歐格仁（湯姆克魯斯飾）的

協助下，完美了他奉行的武士道精神，淒冷的剎那也領略了最

淒美的落「櫻」繽紛，「perfect」是武士為自己無憾的詮釋。

放光

放光，毋是神通
是放下無明，智光發露

心若狹，小事變大事
心若闊，大事化小事
心若清淨，安然無事
心袂亂，情袂茫
把握當下
無愛看未來佮過去
按呢就是幸福的代誌[1]
有愛，佗位攏可愛[2]
有恨，逐跡攏可恨[3]
感恩，定定得恩典
布施，處處結好緣

◇◇◇◇◇◇◇◇◇◇

無處可逃，不如當下覺悟

無地通走，不如馬上回頭

揣[4]無淨土，不如淨心

袂得如願，不如放下

純潔至誠的心，會當放光

鼓勵安慰，喙裡放光

予人方便，手裡放光

歡頭喜面，滿面放光

予人歡喜，予人信心，予人智慧

自頭到尾，規身軀頂

攏會放大光明

臺 語 文 註 解

1. 按呢 án-ne 如此這般。

2. 佗位 tó-uī 哪裡。

3. 逐跡 ta̍k-jiah 到處。

4. 揣 tshuē 尋找。

18/

蓮

liân

(((iOS)))　(((Android)))

伊毋是在地土生的水蓮花

毋管芙蓉出水

抑是蓮花飛天

攏有伊的堅持

佇這片綠色金光

蓮池下跤的塗糜[1]

閃爍顯目迵銀河[2]

紅蕊白花攏有伊的妖嬌

船梧划入水藻之間

輕巧的白翎鷥

點水微步佇生淏相連的蓮葉頂懸

阮嘛綴伊離俗清芳

◇◇◇◇◇◇◇◇◇◇

水面蓮花，優雅端莊

塗裡蓮藕，清氣不染

全根無全味

蓮心苦甘，蓮藕清甜

全枝無全款

花蕊嬌，蓮葉淡

船幌蓮池，水光閃

據在伊，隨波流[6]

輕輕踅過花葉間[7]

倚根徛予在[8]，無者綴風栽[9]

佇美麗的島嶼，事事攏隨緣

趁花芳風輕

欲暗仔[10]，咱閣來去賞蓮

臺語文註解

1. 下跤 ē-kha 下面。

2. 迵 thàng 通達、穿透。

3. 船桮 tsûn-pue 船槳。

4. 生湠 senn-thuànn 生育繁殖。

5. 綴 tuè 跟隨。

6. 據在 kì-tsāi 任憑。

7. 踅 sėh 繞行。

8. 在 tsāi 穩固。

9. 栽 tsai 倒栽蔥。

10. 欲暗仔 beh-àm-á 傍晚、天將黑時。

19/

六字大明咒

Lio̍k ji tāi bîng tsiù

(((iOS)))

(((Android)))

嗡嘛呢唄咩吽

嘛呢頌，頌嘛呢
頌出觀音佛祖的慈悲
化做智慧功德的六字

嗡，度生死
瑜珈正體，身口意
唸這字，佛力加持
照破無明，持頌無量光
妙淨莊嚴發五智

嘛呢，自性寶
迴向觀自在
入海聚萬德，上山得法財
摩尼寶珠顯光彩

唄咩，蓮花開
演示真如來
具足無漏智
出泥不染，妙莊嚴

吽，願大成就
佛力勤加被
祈請摧破貪嗔癡
除滅慢嫉疑
頂禮摩尼勝寶妙蓮花

bók

hî

20/ 木
魚

(((iOS)))

(((Android)))

嘓

　妄心碴空心

　秋風追落葉，愈追恨愈深

　嘓

　無心碴無心

　鯉魚躍龍門，凡夫會成佛

　嘓一聲，趕走無明

　嘓一聲，叫醒真心

芸芸眾生，江河魚族

空靈的木魚聲

是起起落落，業海的明燈

嘓一聲，喚醒佫濟盹龜的人[2]

流水木魚，精進不息

逆流行船，不進即退

心頭掠予定

嘓一聲

頓悟開通，成佛做祖

嘓一聲

袂閣[3]隨波流，萬般皆休

(((iOS)))　(((Android)))

21/

佛珠

◇◇◇◇◇◇◇◇◇◇◇

佛珠，佛珠

唸出妙法真珠

掛佇手腕金剛杵，被踮胸前定心珠[1][2]

佛珠，佛珠

唸出甘露法水

火宅得清涼，苦海袂躊躇

佛珠，佛珠

唸出佛陀大願

這世得安穩，往生有去處

佛珠，佛珠

唸出清淨蓮花

步步心頭定，花開會見佛

佛珠，佛珠

唸出渡海船帆

登岸得解脫，放下會成佛

佛珠，佛珠

唸出般若智慧

開喙結好緣，合喙觀自在

佛珠，佛珠

唸出真空妙有

苦空和無常，森然見萬象

佛珠，佛珠

唸出福慧雙修

慈悲種福田，喜捨真空慧

佛珠，佛珠

唸出圓滿陀羅尼[4]

咒語消災厄，真言度幻軀

佛珠，佛珠

你是菩薩千手千眼的眼珠

你是佛陀百千萬劫慈悲的心思

1. 袚 phuah 披、掛。

2. 踮 tiàm 在。

3. 開喙 khui-tshuì 開口。

4. 陀羅尼 tôo-lô-nî 咒語、真言。

22／缽

(((iOS)))　(((Android)))

缽

佛陀恩賜的福田

欲咱布施結好緣

愛咱手心向下[1]

慈悲喜捨

隨時行善

缽

佛陀恩賜的功德林

欲咱骨力掖種用心行

愛咱跤步堅定[2]

處世有信心

隨心自在

缽

佛陀恩賜的飯碗

欲咱感恩千家飯

愛咱隨遇而安

有啥食啥

隨緣生活

缽

佛陀恩賜的羅經

欲咱歡喜萬里遊

做一个平凡的修行者

隨喜結緣

十方遊化

臺語文註解

1. 愛 ài 期望。

2. 跤步 kha-pōo 腳步。

23/ 袈

ka

se

裟

◇◇◇◇◇◇◇◇◇◇◇

幔伫身軀頂的袈裟[1]

袂輸宮崎駿「移動城堡」的動畫

四界行踏，十方結緣[2]

予人布施，種福田

袈裟，壞色衣

色身本來就壞空不住

染而不色，色而不染

愛咱看破財色名食睡

袈裟，色夾雜

毋通執著世間任何法

無一項物件會當好透流[3]

袈裟清淨

毋是真僧毋敢穿

衫淨人愛清

外爿種福田，內面心清淨

要緊的是本如的心田

毋但外口的福田

千般巧妙紩僧衫，愛咱福慧雙頭擔

萬項殊勝摩尼寶，不如一句修多羅

用清淨心，發平等願

穿起清淨的袈裟

行出成佛的跤步

臺語文註解

1. 幔 mua 將衣物披在身上。

2. 四界 sì-kè 到處。

3. 透流 thàu-lâu 從始至終。

4. 外爿 guā-pîng 外面。

5. 毋但 m̄-nā 不只。

6. 紩 thīnn 縫紉。

7. 修多羅 siu-to-lô 經文。

sîng hút

成
佛

(((iOS)))

(((Android)))

大道

周蘇宗

臺語詩

三千大千世界的微塵一合相

375 米的花崗石路

沓沓仔行，會得見佛陀

八个塔，八正道

塔基百七坪，塔身有七層，逐層攏是寶

佛光山就是前正覺山

面頭前的高屏溪就是尼連禪河

曠闊的荔枝林就是畢缽羅

一百公頃的妙國佮眾生結緣的淨土

佇紛紛擾擾的世間，徛起智慧慈悲的明燈

予咱有倚靠，欲焄眾生出娑婆

掖甲規跤兜的日頭光[3]

金黃色的樹蔭，化做紫金台

鋪做大佛的金剛寶座

娑婆世間，八風奢颺

熱惱逼人，袂輸火宅

貪嗔痴就是焦柴烈火

想會通，大地清涼

放袂落，地獄油湯

遙想當年佛陀發願

毋做榮華富貴的王子，欲體會世間的生老病死

毋做逍遙世外的隱士，甘願躊佇俗世俗眾生結緣做佛事

◇◇◇◇◇◇◇◇◇◇◇

王子得道，畢缽羅成做菩提，凡夫嘛會成佛

菩提樹是智慧的樹

發菩提心就是掖種成佛的因緣

佛陀紀念館就是一部替咱掀好勢的佛冊

375 米的石板路

成做貫通佛法的成佛大道

沓沓仔行，就會見佛陀

〈成佛大道〉字裡行間寫的是有形設施，其實是講苦集滅道。

不只是佛館的花崗岩石板路，都市的巷弄或鄉間的碎石小徑

上，只要忍辱精進，用心舉步，條條道路都是通往開悟的成佛

大道。

25/

觀音

Kuan im

(((iOS)))

(((Android)))

◇◇◇◇◇◇◇◇◇◇

伊坐佇蓮花懸頂
觀音
觀看芸芸眾生的
哀聲苦音

伊坐佇蓮花懸頂
聽心
傾聽凡夫俗子的
動念起心

梵音，海潮音
救拔世間音

真心，佛心
解脫肉團心

伊倒駕慈航
聞聲救苦
聞眾聲，救眾苦
伊是慈悲的
觀音

〈觀音〉，是辦公室書牆中間高處恭放的青瓷觀音像給的靈

感。詩的末段：「伊倒駕慈航，聞聲救苦；聞眾聲，救眾苦；

伊是慈悲的觀音。」

其中，聞眾聲的「聲」，我唸「sing」。寫詩的當下沒特別思

考過，聽錄音檔時，反問自己：「為什麼不唸 siann ？」猜想

潛意識認為 sing 可以包含眾生 /tsiòng-sing/ 及音聲 /im-siann/

的雙重圓滿。

26/

藥師琉璃光如來

loh
su
liû
kong
lâi

(((iOS)))

(((Android)))

眾生破病，需要藥方醫治

眾生無明，嘛愛佛陀開示

做人就有身苦病疼

修行難免八風奢颺

心病就愛心藥醫，消災延壽靠家己

藥師本然

是藏汙納垢的自己

只要洗淨貪嗔癡慢嫉疑

就會得看見清淨透明的琉璃

看破就是無量光

放下就是本初如來

南無消災延壽藥師佛

南無藥師琉璃光如來

27/

地藏菩薩

Tē
tsōng
phôo
sat

(((iOS))) (((Android)))

無私的天地

蘊藏無盡的法寶

大地支持萬物

大地涵養萬物

大地嘛生湠萬物

天地無盡的風光

佇方寸之間的心地內底

Tē
tsōng

渡眾生的大願，是苦海登岸的船帆

手中的金錫，是拍開地獄的鎖匙

地藏毋是藏佇地獄，是咱心地的寶藏

慈悲含藏一切，喜捨布施眾生

地藏，自性本如的真空

地藏，照破無明的萬道金光

28/

唸佛‧念佛

liām
hu̍t

liām
hu̍t

(((iOS)))   (((Android)))

毋免放光振動，只要清淨自在

毋免喊破嚨喉，干焦輕聲細說

唸佛聲是心聲，恬恬發自心底

毋是唸予佛聽，是唸予家己聽

毋但用喙唸來聽，愛用心照起工行

唸佛一聲

毋但朋友親情，猶有太虛周沙

毋但厝邊頭尾，猶有十方三世

◇◇◇◇◇◇◇◇◇◇

一句阿彌陀，西方有倚靠

一句觀自在，歡喜無掛礙

一句大勢至，有力做代誌

文殊菩薩騎獅子

祈求得著大智慧

普賢菩薩騎大象

行為舉止有模樣

唸佛

毋但唸過去佛、現在佛

愛閣唸家己這尊未來佛

唸佛拜佛，懺悔罪業

唸佛念佛，唸甲家己成佛

南無阿彌陀佛

◆ 臺 語 文 註 解 ◆

1. 毋免 m̄-bián 無須。

2. 恬恬 tiām-tiām 安靜無聲。

3. 照起工 tsiàu-khí-kang 按部就班。

4. 親情 tshin-tsiânn 親戚。

29/

念佛聲

(((iOS)))　(((Android)))

行佇清淨的山谷幽徑

一陣空靈的念佛聲

隨風飄過阮的耳空邊

可比佇茫茫的生死大海行船

拄著光明燦爛的日頭光

佮阮咧文文仔笑，溫暖又閣開懷

佇山崖深谷內底

走揣單純予人感動的「阿彌陀佛」聲

◇◇◇◇◇◇◇◇◇◇

性命本底就是一種禮讚，愛感恩惜略

花蕊的凋零，輕柔，淒涼

若像時間的流逝[2]

歲月的海湧

輕輕拍拍時間的海岸[3]

涛流的時[4]

順紲用伊美麗的名字[5]

成做湧鬚的痕跡[6]

窗邊的樹影是大地無聲無說的溫柔

每工的日頭光[7]

攏是佛菩薩予咱的驚喜

鳥隻向望是雲尪，沓沓仔遊

雲尪欣羨鳥隻，自由飛

樹身向懸是對天地的向望

阮卻是用幾若世人的時間

等待你美麗的一个笑容

臺語文註解

1. 拄著 tú-tio̍h 遇到。

2. 流逝 liû-sī 時間的消逝。

3. 拍拍 phah-phik 打節拍。

4. 洘流 khó-lâu 退潮。

5. 順紲 sūn-suà 順便。

6. 湧鬚 íng-tshiu 浪花。

7. 每工 muí-kang 每天。

30/

道場

(((iOS))) (((Android)))

空中無色，世間有情

伊指頭間，搣出一捾[1]

光明圓滿的甘露水

親像騰雲駕霧仝款

止渴了三界火宅的眾生

自性本空，森然羅列

行住坐臥的人生道場

體性皆同

千江有水，千水有月

彼是邪師幻影

抑是清涼自在

娑婆世間，宛然火宅

惱熱逼人，如何自在

心狂的彼把火

欲按怎予熄去

菩提心起，五毒退散

觀經自在，水火相容

慈悲喜捨，就是修行

來去自如，就是西方

你的心就是上曠闊的

人生道場

臺語文註解

1. 捾 kuānn 串。

2. 彼 he/hit 那。

3. 予 hōo 使得。

4. 上 siōng 最。

31/

浴佛

ik hút

(((iOS)))　　(((Android)))

風微微仔吹

鳥仔自由飛

九龍送芳味

一手指天，愛咱承佛家業

唯我獨尊，精進向前

一手指地，愛咱跤踏實地

慈悲為懷，步步蓮花

舀一觳[1]水，輕輕仔淋佇倒爿[2]肩胛

用精進的堅心

承擔佛陀布施的大願

祈求清淨的法水

洗汰娑婆[3]的風塵

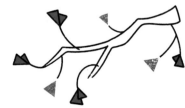

閣舀一觳水，寬寬仔淋佇正爿金身[4]

用智慧的光芒

圓滿眾生焦渴的向望

祈願佛陀的正見

喚醒有情的沉迷

舀第三觳水，匀匀仔淋佇尻脊[5]

透流的水沖，是佛法的大地清涼

若像恩賜的甘露水

其實是咱內心的下願池

慈悲喜捨，功德回向

眾生得著解脫

咱嘛心開意解

臺語文註解

1. 舀 iúnn 用杓子撈取液體。

2. 觳 khok 水瓢。

3. 洗汰 sé-thuā 洗滌。

4. 寬寬仔 khuann-khuann-á 慢慢地。

5. 尻脊 kha-tsiah 背脊。

跋梧[1]

周蘇宗
臺語詩

(((iOS)))   (((Android)))

笑梧講阮少年戇[2]

匼梧憫阮費心腸[3]

跂梧向望隔轉年

祈求象梧閣再衝[4]

香光莊嚴，沓沓仔薰上天頂

淨香束柴，勻勻仔生淡燒烙

天公爐裡，傳承咱島嶼千年萬代的香火

一欉一欉的清香

徛佇萬丈的香燗內面[5]

騰雲駕霧，點著家己

成做善男信女的稟報

◇◇◇◇◇◇◇◇◇◇◇

藉著香煙靈聖，拜請佛祖加持

有人祈求平安，有人向望富貴

有人數想發財，有人保庇添丁

有人期待雨水，有人欲注疫苗

菩薩攏有聽著，媽祖嘛一定感應

不而過

食米著愛有食米的水準

做人嘛著有起碼的品行

有孝序大，兄弟和齊

勤儉拾家，造福鄉里

神明才會庇佑，龍天嘛會護法

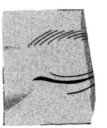

puȧh pue

講好話，病毒較袂相揣

做好代，較贏咧食早齋

抽籤跋桮，不如認真作穡[9]

逐工下願，較輸善事一層

菩提心起，功德隨喜

慈悲喜捨，骨力拍拚

毋才是代代相傳的香火

閣較是國泰民安的象桮[10]

臺語文註解

1. 跋桮 puȧh-pue 擲筊。

2. 笑桮 tshiò-pue 陽筊。

3. 匼桮 khap-pue 陰筊。

4. 象桮 siūnn-pue 聖筊。

5. 香烌 hiunn-hu 香灰。

6. 香煙 hiunn-ian 香火。

7. 數想 siàu-siūnn 妄想。

8. 序大 sī-tuā 長輩。

9. 作穡 tsoh-sit 工作

10. 閣較 koh-khah 更加。

〈跋桮〉原本只是四句的臺語詩。疫情剛開始沒多久，同學們

相約保安宮附近的大龍峒美食快閃，我提早一個鐘頭先到保安

宮拜拜。難得平日人山人海、香火鼎盛的保安宮如此安靜，禮

敬各殿諸佛菩薩神明仙祖後，廊下靜坐，靈感一來，寫了四句：

笑桮講阮少年戇，匼桮憫阮費心腸；

跋桮向望隔轉年，祈求象桮閣再衝。

後來，疫情升溫，水庫缺水，人心浮動，我順著原來的四句，

完成這首三十行的臺語詩〈跋桮〉，祈求國泰民安。

Seqalu
tsiàn
kua

特別
收錄

2022
第八屆閩客語文學
閩南語現代詩社會組
★★★
第一名

斯卡羅戰歌[1]

海邊的落山風，不時共阮講

太平洋的後頭厝，才是阮的故鄉

烏水溝的捲螺仔旋暗流相瀳（tshînn）

命運的大船靠礁佇七星岩的海域[2]

無張持捲起臺灣歷史的病狗湧

無辜的羅妹號搪著無愛（buaih）插雜的龜仔用[3]　[4]

毋是連回惹風波，嘛毋是刁意故

運命的大索就是遮爾仔拄好

親像文明的掃帚星跋落去部族崁跤的山溝

墊牛地界和林投刺鑿的海沙埔纓纏歷史的挈流

海湧幌甲阿啄仔起毛穗

順紲共自尊的巡航駛入來

畢麒麟畢竟毋是麒麟

講是化解一場誤會的戰爭

煞為著樟腦拚歹熱蘭遮城的牆圍

李仙得敢是歹積德？

南岬之盟熱（jiát）甲出火（Tshut-hué）

終其尾毋是山盟海誓

無，哪會煽動日本兵跈踏牡丹社的祖靈？

◇◇◇◇◇◇◇◇◇◇

◆◆◆◆◆◆◆◆◆◆

大尖石山[11]的意志猶原堅定

港口溪[12]的鬱卒猶未坐清

陣陣的洘流敢有才調予漂流的靈魂落葉歸根？

瞥姦撟無效，咒讖罣毋驚

山刀、弓箭、火索銃攏無咧顫悶

軍艦大炮的氣口食人夠夠

祖靈佇高山懸頂怨嘆

風雲踮大海面前哭呻

毋是出草是出征

斯卡羅的血脈是用訣完的火炮

竹箭是驚天動地的機關銃

siú 一聲射破百年來的恬靜

傀儡山的筋骨變硬掙[13]

統領埔的澇汗無地消散[14]

風聲佇深山林內嗤舞嗤呲

梅花鹿踮草埔四界走跳

早起的雺霧是海洋咧悲傷吐大氣

欲暗仔的紅霞是天星墜落的血水

文明的拗蠻接枝踮島嶼生湠

敢若南灣海岸的珊瑚礁[15]

予海湧鑢甲大空細裂

母親的土地嘛流血流滴

空喙會堅疕，時間會堅凍

島嶼上深的傷痕敢會閣患動發癀孵膿

193

豬勝束（Ti-lô-sok）天頂規群的山後鳥[16]

排出架勢的好吉兆

長老的法術和族人的古調

安搭遙遠守護的祖靈

拜候十月山跤海邊的瑯嶠[17]

喊喝的海鳥像欲出征的勇士

唱出驍勇無敵的戰歌

海湧是戰車，湧鬚是鐵甲

千軍萬馬踮大海滾絞捙拚

山風一直吹，海湧繼續洒

歷史的代誌留予囝孫去傳說

愈來愈懸的日頭赤焱焱

十八社的族人全條性命

海邊的落山風，不時共阮講

太平洋的後頭厝，斯卡羅

就是阮的故鄉

◇◇◇◇◇◇◇◇◇◇◇

1. 斯卡羅 Su-khah-lô：排灣語 Seqalu，三百多年前，同屬卑南族的南部知本和北部南王兩大部族爭戰失利後往南遷徙，經大龜文（今中排灣）、阿朗壹到牡丹灣，再南下到八瑤灣（今南排灣）附近，遭遇排灣族。再沿著今日溪仔溪谷到達今八瑤、四林格，進入港口溪谷和蚊蟀（今滿州）南排灣人遭遇。這些知本人善用巫術，排灣人戰敗，用轎子抬著他們往南走，故稱之為斯卡羅人（坐轎子的人）。斯卡羅主要包含豬朥束社、射麻里社、猫仔社及龍鑾社，以豬朥束社為主社。而原為卑南族的斯卡羅人，與原排灣族人同化。他們所建立的含排灣族、阿美族在內等酋邦貴族政權，十七世紀荷蘭稱其統治者為「瑯嶠君主」，清朝稱瑯嶠下十八番社。

2. 七星岩 Tshit-tshenn-gâm：歐美人稱 Vele Rete。《日本水路誌》：「距鵝鑾鼻西南 9 浬的一團孤立岩，長約 1 浬，其中最高二岩，北微西與南微東相對立，此簇岩與臺灣南端之間水道雖安全，但有時期間會發生強烈激湍，其狀恰似淺灘上之破浪。」

3. 羅妹號 Lô-muē-hō 事件：1867 年 3 月美國商船 Rover 遭遇海難，船員誤闖瑯嶠 18 社領土，所發生的衝突事件。畢麒麟所著遊記《 Pioneering in Formosa 》敘述如下：「1867 年初，兩個漢籍士兵被帶到打狗英國領事館，他們原是美國三桅船羅妹號上的廚師和膳務員，如今是那隻船上僅有的生還者。羅妹號在南岬沉沒，韓特（Hunt）船長、船長夫人、職員和水手們，登上小艇逃生，在臺灣的最南端登陸。一上岸就遭龜仔用人襲擊，全部罹難，只剩他倆死裡逃生。」

4. 龜仔用 Ku-á-lut：瑯嶠十八社之一，為臺灣南端的 Paiwan 部落，今恆春半島山區的社頂部落。

5. 畢麒麟 William Alexander Pickering：英國諾丁罕人（1840～1907），19世紀最著名的中國通之一，早年當過水手、海關官員、洋行商人，一生在中國、臺灣（1863～1870）及東南亞等地與漢人相處超過三十年，能講四種漢語方言及北京官話，並通曉四書五經。一生充滿傳奇色彩，1898年完成著作《 Pioneering in Formosa ~Recollections of Adventures among Mandarins, Wreckers, & Head-hunting Savages 》。

6. 樟腦 tsiunn-ló：畢麒麟代表洋行在梧棲收購樟腦，遭到查扣，引發英商與清廷官員之間的衝突，甚至點燃樟腦戰爭 Camphor War （1868/11/20～12/1），英國派兵攻陷安平（熱蘭遮）， 雙方簽訂《樟腦條約》，清朝賠款並放棄樟腦專賣。

7. 李仙得 Charles W. Le Gendre（1830～1899）：法裔美國人，曾參與南北戰爭，官拜准將，時任美國駐廈門領事。羅妹號事件後來臺灣與斯卡羅酋邦酋長卓杞篤交涉，簽定南岬之盟。

8. 南岬 Lâm-kah 之盟：南岬即今鵝鑾鼻。斯卡羅與美國駐廈門領事李仙得於 1867 年 10 月 10 日在恆春的出火達成口頭協議，並於 1869 年 2 月 28 日在斯卡羅部落完成書面諒解備忘錄。

9. 出火 Tshut-hué：位於今屏東恆春，是當年南岬之盟簽署的地點。

10. 牡丹社：李仙得簽定南岬之盟後輾轉赴日本擔任外務省顧問，八瑤灣事件（1871）後協助日軍出兵（1874）臺灣，通稱牡丹社事件。

11. 大尖石山：海拔約 318 公尺，今墾丁半島區最高點。斯卡羅人重要活動前，會聚集在此祈福。

12. 港口溪：溪口之港口庄在豬勝束社之西南邊，主流上游為芭拉溪，發源於高仕佛山東部。

13. 傀儡山：臺灣南部澤利先族分布之中央山脈的總稱。平埔族馬卡道部族稱澤利先為 Katie，傀儡乃其近音譯字。

14. 統領埔 Thóng-niá-poo：明鄭兵勇從瑯嶠灣（車城灣）登陸，駐屯於今車城之東方荒埔，故稱其統領埔（屏東統埔村），介於柴城和保力交界，當時屬斯卡羅領地。

15. 南灣 Lâm-uan：南岬（鵝鑾鼻）與西南岬（貓鼻頭）形成的深灣。

16. 豬勝束 Ti-lô-sok：Terasok，斯卡羅主要包含豬勝束社、射麻里社、猫仔社及龍鑾社，以豬勝束社為主社。

17. 瑯嶠 Lông-kiau：恆春舊名，古來分布於此之土著稱瑯嶠十八社。土語 Jyonkiau 為蘭科植物（漢語謂尾蝶花），以特產該植物而命名。

特別收錄的〈斯卡羅戰歌〉是參加「第八屆教育部閩客語文學獎」第一名的得獎作品，詩集《觀音》規劃出版期間得此殊榮，感恩諸多美好因緣之餘，特別收錄進來，以饗讀者。

知名作家路寒袖，也是此屆評審之一，用臺語文評道：

「第一名的〈斯卡羅戰歌〉寫的歷史事件是最近誠流行的公視連續劇，作者有用心做功課，是一首故事豐富、氣勢飽滇的史詩，『斯卡羅的血脈是用袂完的火炮／竹箭是驚天動地的機關銃』為本詩定調，『早起的霧霧是海洋咧悲傷吐大氣／欲暗仔的紅霞是天星墜落的血水』，這款詩句展現出作者的藝術性。」這首詩是以 1867 年「羅妹號事件」為主軸，串連「樟腦戰爭」、「南岬之盟」及 1874 年「牡丹社事件」等歷史場景，談不上史觀，卻是我嘗試喚起尊重原住民觀點的心意。

星月風 12
觀音 周蘇宗臺語詩

作　　　者	周蘇宗
繪　　　圖	劉思妤

總　編　輯	賴瀅如
編　　　輯	蔡惠琪
美 術 設 計	許廣僑
錄 配 音 師	張巍瀧

出版・發行	香海文化事業有限公司
發　行　人	慈容法師
執　行　長	妙蘊法師
地　　　址	241 新北市三重區三和路三段 117 號 6 樓
	110 臺北市信義區松隆路 327 號 9 樓
電　　　話	(02)2971-6868
傳　　　真	(02)2971-6577
香海悅讀網	https://gandhabooks.com
電 子 信 箱	gandha@ecp.fgs.org.tw
劃 撥 帳 號	19110467
戶　　　名	香海文化事業有限公司

總　經　銷	時報文化出版企業股份有限公司
地　　　址	333 桃園縣龜山鄉萬壽路二段 351 號
電　　　話	(02)2306-6842

法 律 顧 問	舒建中、毛英富
登 記 證	局版北市業字第 1107 號

定　　　價	新臺幣 360 元
出　　　版	2022 年 11 月初版一刷
	2022 年 11 月初版二刷
Ｉ Ｓ Ｂ Ｎ	978-986-06831-7-2
建 議 分 類	詩文

國家圖書館出版品預行編目 (CIP) 資料

觀音：周蘇宗臺語詩 / 周蘇宗著 . -- 初版 . -- 新北市：
香海文化事業有限公司 , 2022.11
200 面；17x23 公分
ISBN 978-986-06831-7-2（平裝）
詩文

863.51　　　　　　　　　　111015283